Os doze trabalhos de Hércules

reconto de Leonardo Chianca
ilustrações de Patrícia Lima

editora scipione

Gerência editorial
Sâmia Rios

Assistente editorial
José Paulo Brait

Revisão
Adriana Cristina Bairrada,
Rita Narciso Kawamata,
Gislene de Oliveira e Tânia Oda

Coordenação de arte
Maria do Céu Pires Passuello

Programação visual de capa e miolo
Aída Cassiano

Elaboração do encarte
Catarina lavelberg

Diagramação
Marisa Iniesta Martin

editora scipione

Av. Otaviano Alves de Lima, 4.400
Freguesia do Ó
CEP 02909-900 – São Paulo – SP

ATENDIMENTO AO CLIENTE
Tel.: 4003-3061

www.scipione.com.br
e-mail: atendimento@scipione.com.br

2023

ISBN 978-85-262-6810-4 – AL
ISBN 978-85-262-6811-1 – PR

Cód. do livro CL: 736382

2.ª EDIÇÃO
10.ª impressão

Impressão e acabamento

A.R. Fernandez

• • •

Ao comprar um livro, você remunera e reconhece o trabalho do autor e de muitos outros profissionais envolvidos na produção e comercialização das obras: editores, revisores, diagramadores, ilustradores, gráficos, divulgadores, distribuidores, livreiros, entre outros. Ajude-nos a combater a cópia ilegal! Ela gera desemprego, prejudica a difusão da cultura e encarece os livros que você compra.

• • •

Dados Internacionais de Catalogação na Publicação (CIP)
(Câmara Brasileira do Livro, SP, Brasil)

Chianca, Leonardo.
    Os doze trabalhos de Hércules / reconto de Leonardo Chianca; ilustrações de Patrícia Lima. – São Paulo: Scipione, 2002. — (Série Reencontro Infantil)

    1.Literatura infantojuvenil 2.Mitologia – Literatura infantojuvenil. I. Lima, Patrícia. II. Título. III. Série.

02-1952   CDD-028.5

Índices para catálogo sistemático:
1. Mitologia: Literatura infantil   028.5
2. Mitologia: Literatura infantojuvenil   028.5

Sumário

Nasce um herói 4

A loucura de Hércules 9

O oráculo de Delfos e os doze trabalhos 12

A luta contra o Leão de Nemeia 14

A Hidra de Lerna 17

A Corça de Cerineia.. 19

O Javali de Erimanto... 21

Os estábulos do rei Áugias 23

As aves do lago Estínfalo 26

O Touro de Creta 28

As éguas de Diomedes.. 31

O cinturão de Hipólita... 33

O rebanho do gigante Gerião 36

As maçãs de ouro 39

O cão Cérbero, guardião dos infernos 42

Aclamado como herói e adorado como deus 45

Quem é Leonardo Chianca? 48

Quem é Patrícia Lima? 48

Nasce um herói

Nunca houve nem haverá herói de maior grandeza que o grego Héracles, mais conhecido pelo seu nome romano: Hércules. Antes mesmo de nascer, ele já estava destinado a ser o maior herói de todos os tempos. Maior na coragem, força e determinação, e também no sofrimento que carregou a vida inteira.

Naquele longínquo tempo, a Grécia era dividida em pequenas cidades-estado, que guerreavam incessantemente umas contra as outras.

Zeus, o deus de todos os deuses, desejava muito a união de toda a Grécia. Como sabia que essa não seria uma simples tarefa, decidiu gerar um filho com uma mulher especial. A criança cresceria para ser um herói dotado dos poderes necessários para realizar seu desejo.

E esse herói seria Hércules. Filho de Zeus e de Alcmena, a mulher mais formosa e sábia do mundo, a pobre criança viria a tornar-se desde o berço a eterna vítima do ciúme da deusa Hera, esposa de Zeus.

Alcmena deu à luz filhos gêmeos. O primeiro a vir ao mundo foi Hércules, filho de Zeus, seguido de Íficles, filho de Anfitrião.

Hércules foi um bebê grande, esperto e, especialmente, muito forte. Às vezes, sem querer, exagerava nas brincadeiras, chegando a machucar seu irmão gêmeo.

Zeus tentava o quanto podia zelar por seu filho. Mesmo assim, temia que a ciumenta Hera pudesse matar a criança. Preocupado com o futuro de Hércules, o soberano dos deuses decidiu armar um plano para torná-lo imortal.

Pediu a Palas Atena, a deusa da sabedoria, que conduzisse Hera em um passeio até os arredores do palácio, onde viviam Alcmena e Anfitrião. Zeus tratou de providenciar que Hércules ficasse sozinho em um banco do jardim do palácio. Apontando para aquele bebê solitário, Palas Atena aconselhou Hera a alimentá-lo.

De boa vontade, sem saber que se tratava do pequeno Hércules, Hera entregou seu seio ao bebê, mas este sugou-o com tanta força que ela precisou afastá-lo com muita rapidez, o que provocou um esguicho de leite em direção ao céu escuro. O leite esparramou-se pelo firmamento e assim foi criada a Via Láctea, caminho pelo qual os heróis seguiriam para entrar no palácio de Zeus, no Olimpo.

A partir desse dia, Hércules contaria com a proteção incansável da deusa Palas Atena.

Ao ver Alcmena se aproximar para buscar o filho que havia sumido misteriosamente, Hera logo se deu conta de que, ao alimentar o bebê

com seu leite de deusa, colaborou para que Hércules se tornasse imortal e indestrutível, o que aumentou ainda mais a sua ira. Assim, ela resolveu se vingar naquela mesma noite.

    A lua iluminava o berço em que Hércules e seu irmão dormiam, quando duas serpentes rastejaram pelo quarto, sorrateiras, comandadas pela enraivecida Hera. Os dois répteis escalaram o berço. A primeira serpente enlaçou-se no corpinho de Íficles. A outra já preparava o bote contra Hércules quando seu irmão gritou, sufocado. O pequeno herói despertou com a serpente prestes a atacá-lo. Anfitrião, nesse instante, já chegava ao quarto, com a espada em punho, pronto para socorrer os filhos, mas não seria necessário: Hércules, com grande agilidade, segurou as duas serpentes, uma em cada mão, esmagou-as e atirou-as longe.

Essa foi a primeira das muitas façanhas que Hércules realizaria. Anfitrião, a partir do feito que havia presenciado, não tinha dúvidas de que aquela criança era, de fato, filha de Zeus.

À medida que Hércules crescia, sua incrível força tornava-se incontrolável. Inquieto com os acessos de raiva do filho, Anfitrião enviou-o para o campo, a fim de que completasse sua educação. Assim, o garoto aprendeu a manejar o arco e as armas, tornando-se um excelente caçador e um lutador inigualável. Como ninguém tinha coragem de desafiá-lo, tornava-se cada vez mais poderoso. Ao chegar à adolescência, o herói já ostentava uma altura descomunal, de um verdadeiro gigante: cerca de dois metros e meio de altura!

O segundo grande feito de Hércules ocorreu quando ele já era adulto. Defendeu a cidade de Tebas, aniquilando sozinho uma tropa de homens sem grande esforço. Foi saudado pelos tebanos com muita festa, e Creonte, soberano daquele reino, para demonstrar sua enorme gratidão, ofereceu-lhe em casamento sua filha Mêgara. Hércules aceitou-a como esposa e com ela teve três filhos.

Mal sabia o herói que o destino não lhe permitiria desfrutar por muito tempo da felicidade que sua família lhe proporcionava.

A loucura de Hércules

Hércules vivia em seu palácio e passava grande parte de seu tempo na companhia dos filhos e da esposa. A felicidade familiar e as vitórias gloriosas do herói provocavam em Hera um terrível desgosto. Por esse motivo, a deusa resolveu atacar novamente.

Certo dia, enquanto Hércules brincava com seus filhos, Hera fez com que um véu invisível caísse diante dos olhos daquele pai tão dedicado e carinhoso. O sinistro véu tinha o poder mágico de turvar sua visão e seu raciocínio.

A imagem provocada pelo véu era perturbadora: Hércules viu, em lugar de seus próprios filhos, três ferozes dragões prontos a atacá-lo. Com seu instinto de guerreiro, o herói reagiu. Sem perceber que se tratava de uma ilusão, foi tomado por uma fúria avassaladora. Pensando em defender-se de um perigoso ataque, agarrou cadeiras, mesas e o que mais havia por perto, atirando tudo sobre as cabeças dos imaginários dragões.

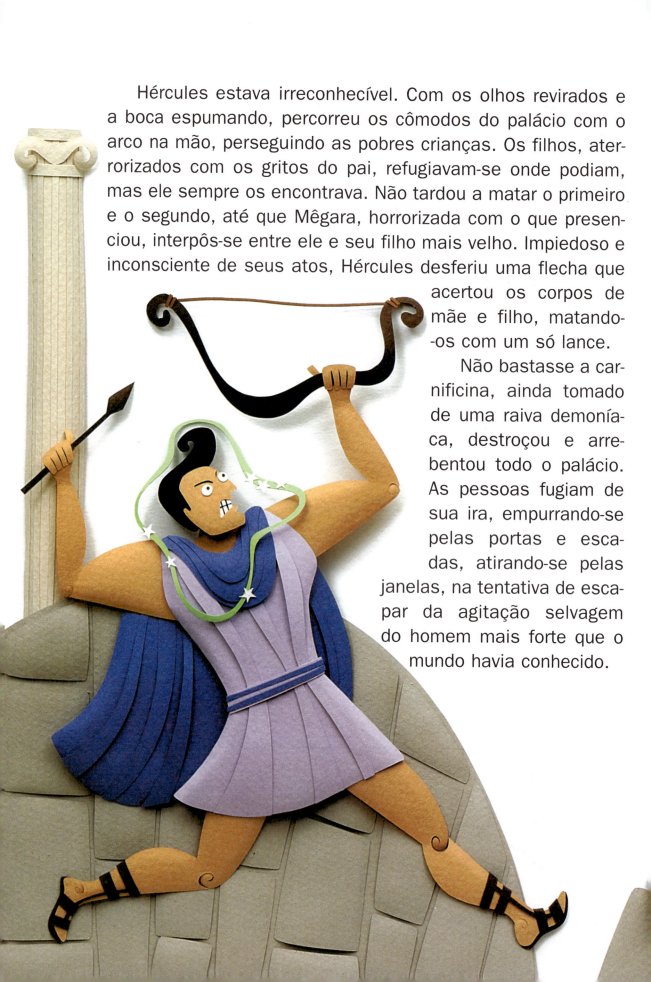

Hércules estava irreconhecível. Com os olhos revirados e a boca espumando, percorreu os cômodos do palácio com o arco na mão, perseguindo as pobres crianças. Os filhos, aterrorizados com os gritos do pai, refugiavam-se onde podiam, mas ele sempre os encontrava. Não tardou a matar o primeiro e o segundo, até que Mêgara, horrorizada com o que presenciou, interpôs-se entre ele e seu filho mais velho. Impiedoso e inconsciente de seus atos, Hércules desferiu uma flecha que acertou os corpos de mãe e filho, matando-os com um só lance.

Não bastasse a carnificina, ainda tomado de uma raiva demoníaca, destroçou e arrebentou todo o palácio. As pessoas fugiam de sua ira, empurrando-se pelas portas e escadas, atirando-se pelas janelas, na tentativa de escapar da agitação selvagem do homem mais forte que o mundo havia conhecido.

Em pouco tempo, o palácio de Creonte se transformou em um grande amontoado de pedras. Palas Atena, então, resolveu intervir, retirando o véu invisível com o qual Hera tinha amaldiçoado a vida de Hércules. Nosso herói, recobrado de sua consciência, descobriu, entre os destroços, não os dragões que pensava ter combatido, mas seus três filhos e esposa, mortos. Ele mesmo não acreditava no que via e no que tinha feito: como podia ter matado com as próprias mãos as pessoas que mais amava?

O oráculo de Delfos e os doze trabalhos

Desorientado, Hércules abandonou suas terras antes que foss[e] expulso de lá. Perambulou sem ânimo e sem rumo, até decidi[r] aconselhar-se no oráculo de Apolo, em Delfos.

Ao perguntar como poderia pagar pelos assassinatos comet[i]dos, Hércules recebeu a seguinte resposta do deus:

– Você deverá servir a seu primo Euristeu, rei de Micenas, submetendo-se aos doze trabalhos que ele lhe impuser. Soment[e] após ter completado o último deles será perdoado pelos deuses d[e] todos os seus crimes!

Hércules sentiu-se aliviado ao ouvir as palavras do oráculo. Aind[a] que levasse em seu peito toda a culpa do mundo, finalmente sabia o que fazer, que caminho seguir.

O rei Euristeu era um homem frágil e covarde, conhecido por temer a própria sombra. Assim que avistou Hércules à porta de seu palácio, desejou ver-se livre do primo que o fazia sentir-se tão medroso e insignificante. Aproveitando-se da insegurança de Euristeu, Hera impôs uma visão em sua mente, ajudando-o a se decidir por um trabalho impossível de ser realizado ou, melhor ainda, que levasse Hércules à morte.

A luta contra o Leão de Nemeia

O primeiro trabalho imposto por Euristeu a Hércules foi o de caçar e matar o Leão de Nemeia. Como prova, o herói deveria trazer sua pele de presente ao rei.

Naqueles dias, vivia nas florestas de Nemeia, região vizinha a Micenas, um leão enorme e aterrorizante. O animal parecia invulnerável às armas humanas, já que sua pele mostrava-se impenetrável. Nenhuma flecha, lança ou espada mais afiada podiam furá-la.

Hércules partiu confiante para enfrentar o leão. Acreditava tratar-se de uma tarefa fácil. Próximo à floresta, encontrou um pobre camponês chamado Molorco, que estava prestes a sacrificar seu único animal. Hércules lhe perguntou em honra de quem o sacrifício seria feito.

– Em honra de Zeus, nosso guardião. Quero agradecer por manter o Leão de Nemeia longe da porta de minha cabana – respondeu o camponês.

– Não faça esse sacrifício ainda, meu bom homem – pediu-lhe Hércules. – Eu vou matar esse leão, fique tranquilo. E vamos juntos fazer a oferenda em honra de Zeus Todo-poderoso!

Hércules partiu sem saber se voltaria. Caminhou por muitos dias, adentrando a floresta cada vez mais.

Depois de subir montanhas, atravessar desfiladeiros e matar inúmeros outros animais ferozes que cruzavam o seu caminho, o herói finalmente encontrou pegadas que pareciam ser do Leão de Nemeia. Seguiu-as obstinadamente, até deparar-se com o feroz animal.

Como faltava pouco para anoitecer, Hércules avistou o leão, sem que este o visse. O herói pôde então esconder-se atrás de um arbusto espesso e esperar que o animal se aproximasse um pouco mais. Armou cautelosamente o seu arco e atirou uma flecha. Como se fosse de brinquedo, em vez de penetrar a pele da fera, a flecha ricocheteou, como se tivesse atingido uma rocha. O animal ergueu a cabeça, revirou os olhos e mostrou os dentes gigantescos. Hércules aproveitou que o leão se postou de peito aberto e lançou nova flecha, que novamente ricocheteou e caiu aos pés do monstro.

Quando Hércules ia arremessar a terceira flecha, o leão o viu e correu em sua direção. Então ele puxou sua clava e, golpeando o animal na nuca, atirou-o ao chão.

Antes que a fera se levantasse novamente, saltou sobre suas costas, agarrando seu pescoço com os braços. Apertou o animal com tanta força, torcendo sua cabeça para um lado e outro, que acabou por enforcá-lo em poucos minutos.

Em seguida, o herói tentou arrancar-lhe a pele de diversas maneiras, sem sucesso, até que teve a ideia de cortá-la com as próprias garras do animal. Sentindo-se vitorioso, cobriu o próprio corpo com aquela esplêndida pele de leão, fazendo para si uma armadura e usando a cabeça da fera como capacete.

Quando Euristeu viu Hércules se aproximar, trazendo a pele do leão atirada às costas, foi tomado de temor diante do poder divino do herói. Ao receber o presente em suas mãos, desmaiou diante de todos. Hera, poderosa e vingativa, não tardou a aproveitar o sonho de Euristeu para ditar a segunda tarefa que Hércules deveria realizar. Esperava ardentemente que, dessa vez, ele não pudesse cumpri-la e jamais regressasse vivo!

A Hidra de Lerna

"Como Euristeu é tolo", pensava Hércules. Afinal, seu primo havia mandado entregar-lhe a pele do Leão de Nemeia. "Ele tem medo de mim, deseja minha destruição, mas me deixa levar esta pele, que resiste a todas as armas e aos dentes de qualquer monstro."

E realmente Hércules precisaria de proteção. Seu segundo trabalho era matar uma fera horrenda, que espalhava medo e terror nos arredores do pântano de Lerna, matando rebanhos e arrasando inúmeras plantações.

Naquele pântano sinistro, a deusa Hera havia criado um monstro de aspecto repugnante. A criatura tinha corpo de serpente e nove cabeças aterrorizantes, sendo uma delas imortal. Cada uma de suas bocas espumosas exalava, entre dentes enormes e afiados, um hálito mortal para quem o respirasse.

Hidra era o nome do gigantesco monstro. Ela rastejava pelo pântano quando Hércules a alvejou com flechas em chamas, obrigando-a a se aproximar, para então agarrá-la com força. Mas a fera conseguiu enrolar suas pernas e derrubar o herói.

Hércules, surpreendido, puxou sua espada e começou a decepar, uma a uma, as cabeças da hidra. A tarefa, no entanto, parecia inútil. Para cada cabeça destruída, duas novas nasciam no lugar. Sem se desesperar, o herói teve uma ideia que lhe pareceu venturosa: de posse de uma tocha em chamas, ele cortava uma cabeça com a espada e com a tocha queimava a ferida, impedindo que uma nova cabeça ali se formasse.

Ao decepar a cabeça imortal, Hércules tratou logo de colocá-la dentro de um buraco enorme e fundo, tapando-o com uma pedra tão pesada, mas tão pesada, que jamais alguém conseguiria tirá-la de lá, fosse um mortal, um imortal ou um monstro.

Antes de retornar ao palácio do primo, Hércules ainda aproveitou-se do corpo morto da hidra: abriu suas vísceras e mergulhou a ponta de todas as suas flechas em seu veneno.

Mais uma vez, Euristeu havia fracassado em seu intento de causar mal ao filho de Zeus. Pelo contrário, acabara por favorecê-lo em suas próximas jornadas, pois agora Hércules possuía as armas mais mortais conhecidas pelo homem: as flechas embebidas no veneno da Hidra de Lerna.

A Corça de Cerineia

Euristeu assustou-se tremendamente ao ver despejadas, diante de si, inúmeras cabeças mortas da Hidra de Lerna. Mandou enterrá-las bem longe de seu reino e ordenou a Hércules um terceiro trabalho: caçar e trazer viva a Corça de Cerineia, o animal consagrado por Ártemis, a deusa da caça.

Essa corça era a mais veloz e a mais encantadora criatura do mundo: sua cabeça era adornada por maravilhosos chifres de ouro maciço e tinha cascos de bronze, que garantiam que corresse sem se cansar.

Foi uma prova de paciência. Durante um ano inteiro, Hércules perseguiu incansavelmente a corça, seguindo-a por montanhas e desfiladeiros, cruzando rios, embrenhando-se por florestas, vales e grandes planícies. O animal sagrado nunca dava sinais de cansaço, e o herói, pacientemente, acompanhava-o sem nunca perdê-lo de vista.

Em determinado ponto, antes de atravessar um profundo rio, a corça parou. Por alguns instantes ela se mostrou indecisa, sem saber em que direção seguir. Foi a oportunidade que Hércules tanto esperava.

Sua pontaria e a escolha do momento certo da ação mostraram toda a perícia de Hércules. Perseverante, ele esperou que a corça desse um salto e disparou bem na hora em que as quatro patas do animal se uniam no ar. A flecha certeira passou entre os tendões e os ossos, sem derrubar uma só gota de sangue. A corça caiu imóvel, e Hércules correu para apanhá-la.

No mesmo instante, Ártemis apareceu abruptamente e mostrou-se indignada com o fato de Hércules ter ferido sua corça. Ele então lhe explicou que precisava capturá-la para cumprir seu terceiro trabalho. A deusa da caça ouviu a justificativa, reconheceu que o animal não corria perigo de vida e perdoou o herói, deixando-o seguir seu caminho.

Hércules pegou a corça com cuidado e levou-a para Micenas. Força, rapidez e esperteza nem sempre são suficientes para realizar grandes façanhas. Às vezes, é necessário também ter paciência e determinação. Essas qualidades, o filho de Alcmena nunca havia perdido.

O Javali de Erimanto

O quarto trabalho de Hércules era encontrar o javali selvagem que corria livre no monte Erimanto e trazê-lo vivo para Euristeu. A tarefa era de fato quase impossível de ser executada. Pensava-se que o animal era tão rápido que o herói jamais teria condições de pegá-lo. Mas, caso conseguisse realizar essa façanha, certamente não o traria com vida.

O Javali de Erimanto arruinava plantações de pacientes agricultores. E, se alguém se atrevesse a tentar contê-lo, morria preso nos dentes afiados do animal.

Hércules caminhou vários dias e várias noites até chegar ao pé da montanha em que o javali vivia. Depois de muito procurar, finalmente encontrou um rastro do animal. Não seria difícil matá-lo, mas capturá-lo vivo era certamente um problema e tanto.

Assim como procedeu na captura da corça, Hércules perseguiu o javali incansavelmente. Esteve perto de pegá-lo diversas vezes, mas o animal sempre escapava de alguma maneira surpreendente. O caçador precisava ser ainda mais esperto do que ágil. Foi então que percebeu que o bicho jamais entrava na zona coberta de neve. Conhecedor de suas limitações, o javali sabia que seus movimentos seriam difíceis nesse território. Hércules então planejou um jeito de atraí-lo para esse local.

O herói preparou o caminho diante da caverna do javali, de forma que ele fosse direto para uma área nevada. Assim que o animal saiu de sua toca, Hércules começou a gritar desesperadamente, fingindo que iria disparar uma flecha em sua direção. O javali correu, amedrontado pelos berros poderosos do homem, e, como já se esperava, invadiu o território branco. Logo se viu imobilizado, com neve até o peito. Cansada de se debater em vão, a presa parou de reagir.

Hércules aproximou-se do javali, que agora não oferecia nenhuma resistência, e o amarrou. Como tinha feito com os outros animais, colocou-o nos ombros e voltou para Micenas.

Ao vê-los chegar, herói e javali, Euristeu deu um salto e caiu dentro de um grande vaso de barro. Como se nada tivesse acontecido, Hércules continuou andando até o vaso e curvou-se sobre sua borda para que o covarde rei pudesse ver o javali bem de perto, tão perto que o focinho do animal, com seus dentes afiados como agulha, quase tocou seu rosto assustado.

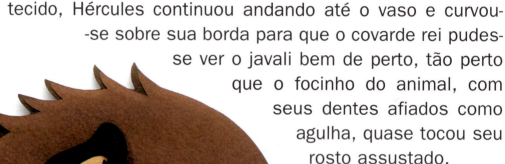

Os estábulos do rei Áugias

Limpar os estábulos de Áugias, rei de Élis, uma cidade vizinha a Micenas, era o quinto trabalho, ingrato e humilhante, que Hércules teria de realizar para Euristeu.

Áugias havia recebido do pai magníficos estábulos repletos de admiráveis animais, centenas deles, entre cavalos, touros negros com pernas brancas, touros vermelhos e touros brancos.

Como não precisava se preocupar com adubo para suas férteis terras, Áugias deixou acumular montes e montes de esterco fétido nos pátios dos estábulos, formando torres tão altas que nenhum homem seria capaz de deslocá-las. Nem que todos os habitantes de Élis trabalhassem noite e dia, durante anos, não seriam capazes de remover tamanha imundície.

Hércules estava incumbido dessa tarefa. Após examinar os estábulos, pôs-se a pensar em uma solução para o problema. Não seria apenas uma questão de força. Aos poucos, um plano começou a se formar em sua mente. Correu até o topo do terreno elevado que circundava as terras de Áugias. Dali, avistou dois rios que cruzavam a planície: um à esquerda e outro à direita, como duas enormes serpentes brilhantes correndo para o horizonte. Por coincidência, o que havia no meio deles? Os estábulos!

Hércules desceu a colina e foi imediatamente procurar o rei de Élis:

— Sou Hércules, filho de Alcmena. Tenho a incumbência de limpar seus estábulos.

— E você trouxe trabalhadores suficientes? – perguntou o rei, com ironia.

— Não preciso de mais ninguém, vou limpá-los sozinho – anunciou o herói.

— Se você fizer essa tarefa sozinho, prometo-lhe um décimo de todos os meus rebanhos – jurou Áugias, incrédulo, tendo seu filho Fileu como testemunha.

Fileu fez Hércules prometer que os estábulos estariam limpos em um dia de trabalho, da aurora ao anoitecer. E assim foi.

No dia seguinte, quando o sol já estava alto, pai e filho foram aos estábulos ver como andava a limpeza. Não se surpreenderam ao encontrar tudo como sempre esteve, e sequer viram Hércules por lá. Com os narizes tapados, Áugias e Fileu foram avisados de que o herói estava em um dos rios, atirando pedras e terra na água. Na verdade, ele estava construindo dois diques.

No início da tarde, quando massas de água começaram a subir atrás desses diques, Hércules correu até os estábulos e fez duas grandes aberturas nos muros que os cercavam. Em seguida, subiu novamente no topo do terreno em volta. E esperou...

As águas desviadas dos rios invadiram os estábulos pelos buracos dos muros e arrastaram as montanhas de excrementos, limpando tudo o que encontravam pelo caminho. Os estábulos foram lavados como nunca antes havia sido feito.

Logo depois, Hércules retornou aos rios e demoliu os dois diques, fazendo com que seus cursos de água retornassem ao caminho natural. Daí voltou aos estábulos e consertou os muros. Sua tarefa estava realmente terminada.

Ao entardecer, o herói foi encontrar Áugias. O ingrato rei, em vez de mostrar-se satisfeito pelo benefício prestado, esbravejava por ter de entregar-lhe um décimo de seu rebanho.

Decepcionado, Hércules deixou Élis para trás, pois ainda tinha muitos trabalhos a realizar.

As aves do lago Estínfalo

O sexto trabalho de Hércules novamente lhe exigiria mais inteligência do que coragem e força: acabar com os milhares de aves que havia perto do lago Estínfalo. Refugiados num bosque, os pássaros se reproduziam com tamanha velocidade que nenhum caçador se atrevia a penetrar entre aquelas árvores. As aves tinham penas de bronze e investiam contra todos os que se aventurassem a passar por seu território, além de atacar as plantações vizinhas, devastando colheitas e molestando o gado.

Uma dúvida, porém, perseguia o herói: "Como vou usar flechas contra milhares de aves? Mesmo que acertasse muitas, não haveria munição para todas!".

Na verdade, esse trabalho quase não exigiu esforço de Hércules, pois ele cumpriu sua tarefa graças à interferência de Palas Atena. Quando ele estava na beira do lago, a deusa apareceu, majestosa:

— Você venceu sozinho todas as outras provas – ela disse a seu protegido. – Agora vou ajudá-lo. Tome este presente fabricado por Hefesto, o deus do fogo. Ele vai permitir que você enxote todas as aves de uma vez!

Palas Atena entregou a Hércules um par de castanholas de bronze. O herói examinou detidamente o objeto, procurando entendê-lo. Mal teve tempo de agradecer à deusa, que logo desapareceu.

Hércules prendeu os dedos no cordel de seda que ligava as duas partes da castanhola, estendeu os braços para o alto e bateu uma metade contra a outra. O som produzido era metálico, e repercutiu longamente sobre a vastidão das águas do lago e entre as árvores, produzindo um eco que deixava as aves apavoradas. Pouco a pouco elas apareciam, saídas de seus ninhos, e voavam desorientadas. O barulho das castanholas de bronze era ensurdecedor e intolerável para as aves.

Centenas de pássaros voavam em pânico, rodopiando no céu subitamente escurecido. O bater das asas metálicas misturava-se aos piados e gritos desesperados do bando.

Em poucos instantes, Hércules viu as aves afastando-se em grande velocidade, deixando o bosque e o lago desertos. O herói ficou só, no silêncio da noite.

As aves nunca mais voltaram, e o filho de Alcmena recebeu a gratidão eterna dos habitantes da região.

27

O Touro de Creta

Euristeu não se conformava com o fato de que, à medida que Hércules realizava suas façanhas e cumpria seus trabalhos, mais ele se tornava glorioso e sua fama se espalhava por toda a Grécia.

Metade dos trabalhos já tinha sido cumprida. O que poderia impedir o herói de realizar os outros? O medroso monarca se torturava com esse pensamento, quando Hera veio novamente em seu auxílio, aconselhando-o a enviar Hércules a regiões cada vez mais distantes.

O sétimo trabalho era capturar o terrível touro que dominava os campos de Creta. O animal destruía tudo o que encontrava pela frente, atacando homens e animais em furiosa agitação. Mas não bastava capturá-lo, ele teria de ser levado vivo para Micenas. Como Creta era uma ilha, a tarefa obrigaria nosso herói a transportá-lo em pleno mar!

– Estou de pleno acordo – respondeu o rei Minos, ao saber que Hércules pretendia capturar seu animal. E brincou: – Mas duvido que o touro também esteja... Você deve estar fora de seu juízo para acreditar que o levará vivo de Creta para Micenas! Bem, eu não derramarei minhas lágrimas por você... Um herói a menos no mundo, que diferença fará?!

Hércules não tinha tempo a perder e saiu à procura do Touro de Creta. Não demorou a encontrá-lo, e, assim que o touro o viu, seguindo seu instinto destruidor, partiu em disparada para cima dele. Os cascos de bronze, batendo no chão, amedrontariam qualquer um que estivesse por perto, mas não o filho de Zeus, que desviou dos seus chifres de ouro com grande habilidade.

Lançado ao chão, o touro bufou de raiva, pôs-se em pé novamente e tornou a investir contra Hércules, que se manteve firme. Assim que o animal o alcançou, o herói segurou seus chifres e apertou-os com toda a sua força, impedindo que ele o derrubasse.

Com o impacto, as patas do bicho tremiam como vara verde. Hércules forçou a cabeça do touro para baixo até que suas narinas tocassem o chão. O animal não conseguiu levantar a cabeça novamente, e suas patas traseiras raspavam o solo, sem que Hércules se desequilibrasse. Não demorou muito para que as forças do touro se esgotassem e ele se rendesse a seu caçador.

Ligeiro, Hércules pegou uma corda e amarrou os chifres ao corpo do touro. O animal entregou-se de vez, completamente domado. Assim, o herói levou o Touro de Creta para o mar, montou em seu dorso e conduziu-o para Micenas, onde chegou triunfante.

Antes de entregá-lo a Euristeu, Hércules prendeu o touro. Mas o rei de Micenas, atordoado, mandou soltá-lo bem longe dali. Em pouco tempo, o animal voltou a aterrorizar novos campos, para infelicidade de muitos camponeses.

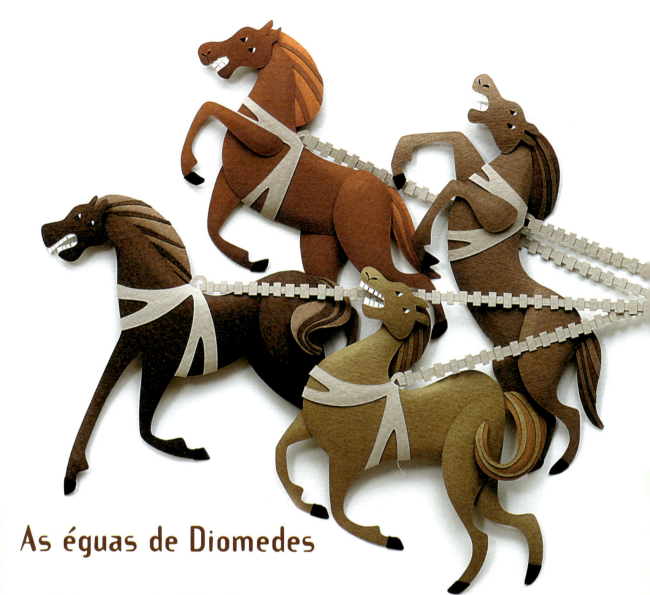

As éguas de Diomedes

Euristeu enviou Hércules a uma nova missão: trazer as éguas do rei Diomedes, da Trácia.

O monarca trácio possuía quatro éguas que viviam presas a pesadas correntes, trancadas em estábulos próximos ao palácio. Esses animais tinham uma característica que os tornava muito especiais e, sobretudo, temíveis: em vez de pastar o capim espesso dos prados, alimentavam-se de carne humana. Por isso, todos os prisioneiros capturados em guerras ou estrangeiros que desembarcassem no litoral da Trácia eram jogados vivos para alimentá-los. Diomedes fingia acolher o visitante calorosamente, mas, à noite, quando ele caía no sono, amarrava-o e o levava à estrebaria. E assim fez quando Hércules chegou ao seu reino.

À noite, acomodado em seu quarto, o esperto herói não dormiu. Ao contrário, ficou atrás da porta a tempo de surpreender as sentinelas que tinham ido buscá-lo. Hércules conseguiu dominá-las e levá-las para servir de comida às éguas.

Após a refeição, os animais ficaram mansos, e Hércules pôde conduzi-los calmamente até o barco. Quando lá chegou, Diomedes o esperava com um grupo de homens. A luta foi acirrada, mas o herói conseguiu dominá-los com certa facilidade. Em seguida, ofereceu o rei e seus guerreiros às éguas, que não reconheceram o dono. O soberano da Trácia foi, assim, devorado por suas próprias feras.

Hércules velejou com as éguas muito bem presas, mas, quando chegou ao porto de Argos, Euristeu já havia dado ordens para que os animais não desembarcassem em Micenas. Em vez disso, o herói devia deixá-los livres.

Para impedir que as éguas fizessem mal a outras pessoas, Hércules as levou para uma encosta do monte Olimpo, onde acabaram sendo devoradas por animais selvagens.

O cinturão de Hipólita

O nono trabalho surgiu, mais uma vez, de uma ideia de Hera. A deusa influenciou a filha de Euristeu a delegar a Hércules a tarefa de trazer o cinturão de Hipólita, rainha das guerreiras amazonas.

A missão não agradava ao herói. Ele não desejava guerrear contra as valentes amazonas. Reconhecia que o cinturão pertencia a Hipólita e a suas guerreiras, que não aceitavam homens entre elas.

Assim que desembarcou, viu-se cercado por uma multidão de amazonas, muitas delas montadas em seus velozes cavalos, armadas com espada, lança e arco nas mãos.

Hipólita desceu de seu cavalo para saudá-lo, demonstrando saber quem ele era. Hércules ficou atordoado diante da beleza da rainha. Admirou sua pele, que tinha um tom de bronze intenso, seu corpo bastante musculoso e o olhar firme e corajoso.

– Hércules, filho de Alcmena – saudou Hipólita –, você veio em paz ou para guerrear? Se veio em paz, nós o acolheremos como hóspede, mas se veio para guerrear, aviso que estamos prontas para a luta.

– Salve, rainha. Não vim guerrear. Aliás, não estou aqui pela minha vontade – respondeu o herói. – É desejo dos deuses que eu realize doze trabalhos, que me são ordenados por Euristeu, rei de Micenas, um homem covarde e medíocre que me odeia como se eu fosse uma praga!

– E o que você veio fazer aqui? O que deseja Euristeu de nós?

– Ele me enviou para buscar... – Hércules fez uma pausa olhando para a cintura de Hipólita – o cinturão que você usa!

O espanto das amazonas foi imenso. Em seguida, fez-se um silêncio mortal.

– Euristeu o mandou aqui para pegar meu cinturão, por acreditar que você nunca voltaria vivo, não é? – Hipólita perguntou.

– Sim, é isso mesmo!

– Então, Hércules, em homenagem a sua coragem e sinceridade, eu lhe dou meu cinturão. Pode levá-lo a Euristeu – disse a rainha, surpreendendo o herói e as amazonas.

No momento em que Hipólita estendia as mãos para entregar o cinturão a Hércules, a deusa Hera transformou-se numa amazona, pondo-se a gritar:

– Não, minha rainha, não devemos entregar o cinturão a este homem! Ele veio para capturá-la e matá-la... Cuidado com ele!

Hipólita recuou, confusa. Gritos de guerra ecoaram entre as amazonas. Os arcos foram empunhados e uma flecha cortou o ar. Por sorte, a pele do Leão de Nemeia mais uma vez salvou o herói.

Começou a guerra. Hércules se atracava com cada uma daquelas musculosas guerreiras, e também com grupos delas, desferindo-lhes terríveis golpes com sua clava.

No momento em que o herói imobilizou Melamipeia, a mais devota amiga da rainha, e antes que a matasse, Hipólita interrompeu a luta:

– Parem todas! – bradou a rainha, levantando os braços para o céu. E implorou: – Hércules, não a mate, por favor, poupe Melamipeia!

Enfim, havia chegado o momento que Hércules esperava para impor os seus termos:

– Acredite, minha cara Hipólita, que eu não queria lutar, não tinha intenção de matar nenhuma de suas guerreiras. Mas preciso de seu cinturão! Dessa forma, proponho uma troca: você me dá o cinto e Melamipeia será solta!

E assim foi feito, com os dois lados cumprindo suas promessas.

Hércules navegou de volta a Micenas. Chegando ao palácio, abriu o grande portão e logo foi avistado por Admeteia, filha de Euristeu, que deu um grito de satisfação ao ver o cinturão que tanto desejava. O herói havia triunfado mais uma vez.

O rebanho do gigante Gerião

"Eu ainda tenho minhas mãos sujas do sangue de um crime hediondo", pensava Hércules. "Preciso realizar os trabalhos que os deuses me ordenaram, mas tenho também de me lembrar dos motivos que me levaram a isso. Só assim minha esposa e meus filhos, seja lá onde estiverem, poderão me perdoar."

Euristeu impôs a Hércules, como décimo trabalho, buscar o rebanho do gigante Gerião. O gado era guardado pelo feroz cão Ortro e pastava nos confins da terra habitada, além do grande oceano. Era um rebanho muito especial: os animais tinham um tom avermelhado profundo, cabeças nobres, testas largas e pernas esguias e graciosas.

Quando Hércules desembarcou na costa da Erítia, foi logo surpreendido por um latido selvagem. Era Ortro, o monstruoso cão de duas cabeças, irmão do terrível Cérbero, guardião dos portões do inferno.

Ortro lançou-se na direção do herói para destroçá-lo, mas Hércules esquivou-se e, mais uma vez, graças à pele do Leão de Nemeia, não se feriu. Muito calmo, esperou um novo ataque do monstro. Quando o cão saltou do alto, vindo para cima dele, Hércules o atingiu com uma lança certeira.

A primeira ameaça estava eliminada, mas a segunda se aproximava: um pastor de Gerião apareceu para defender o gado. Era Êurito, um gigante com o dobro do tamanho de Hércules. O homenzarrão agarrou uma pedra gigantesca para arremessar no herói, que imediatamente reagiu, atirando uma seta bem no meio de seu peito, fazendo com que a rocha escorregasse de suas mãos e lhe esmagasse a cabeça.

O próprio Gerião apareceu em seguida. Hércules quase tremeu quando viu aquela criatura com três corpos unidos pela cintura: tinha três cabeças e seis braços.

Hércules percebeu que o gigante segurava uma espada em uma das mãos. Na segunda e na terceira mão, uma lança. Em seus outros braços estavam presos três grandes escudos. Conforme ele corria, suas armas batiam umas nas outras, fazendo um estrondo que parecia um exército inteiro avançando numa batalha.

Ao se aproximar, Gerião soltava gritos de guerra tão fortes que parecia que o céu estava desmoronando. Mas Hércules não fugiu. Corajoso, enfrentou o gigante com todas as suas forças. Já na primeira flechada contra o monstro, derrubou uma de suas cabeças e o grande peito que o sustentava. Em seguida, dois golpes certeiros de lança cortaram as duas outras cabeças, arruinando as forças de Gerião, que tombou morto no chão.

O esplêndido rebanho recebido por Euristeu não foi suficiente para alegrá-lo. Ao contrário, o rei de Micenas sentiu-se tão mal em saber que Hércules continuava vivo, que sacrificou todos os animais em nome da deusa Hera.

As maçãs de ouro

O novo trabalho, mais uma vez concebido por Hera, nasceu da lembrança de um presente que a deusa havia ganhado de Gaia, a Mãe Terra, por ocasião de seu casamento com Zeus:

– Recebi três maçãs de ouro, que estão em uma árvore impossível de ser encontrada por Hércules. Ele andará por todo o mundo e jamais saberá onde escondi a macieira!

Hera sentia-se muito confiante. Ainda por cima, as maçãs de ouro eram vigiadas pelo dragão Ládon, um ser imortal que possuía cem cabeças.

Hércules partiu sem saber para onde seguir. Pensou em alguns guerreiros de confiança que talvez pudessem informá-lo ou fornecer alguma pista. Nada nem ninguém conseguia ajudá-lo a encontrar a árvore das maçãs de ouro.

Quando passava pela região norte da península Itálica, encontrou-se com as ninfas do rio Pó, que lhe disseram que somente um velho deus detinha esse segredo.

– Quem é? – perguntou Hércules.

– Nereu, um velho deus do mar. Hera confiou o segredo a ele, mas desista de procurá-lo: ninguém consegue fazê-lo falar sobre isso.

Hércules sabia onde Nereu vivia e, por sorte, encontrou-o dormindo em sua caverna. Como o velho deus tinha o poder de transformar-se em diversos seres, como uma cobra ou um pássaro, o herói cuidou de amarrá-lo antes que despertasse.

– Nem pensar, eu jamais trairia minha amiga Hera! – disse Nereu, depois de acordar e saber das intenções de Hércules.

– Então apodreça dentro de sua caverna, pois eu não o soltarei e vou fechar a entrada com uma pesada pedra – ameaçou o herói.

Sem saída, Nereu teve de confessar a Hércules onde estava plantada a árvore das maçãs de ouro.

– Você encontrará a árvore no Jardim das Hespérides, que fica nos confins do mundo, onde Atlas suporta a abóbada celeste sobre os ombros.

– Finalmente! – gritou Hércules.

Hércules não se abatia com facilidade e partiu ao encontro de Atlas. No caminho, encontrou o titã Prometeu, o amigo mais fiel dos homens, preso por correntes pregadas numa rocha. Os dois fizeram um acordo: Hércules libertaria Prometeu e o titã diria a ele como conseguir as maçãs de ouro. Depois que ficou livre, Prometeu orientou-o:

– Não tente pegar as maçãs sozinho, peça a Atlas que vá buscá-las para você. Faça o seguinte: segure o globo para o gigante enquanto ele vai até o Jardim das Hespérides. Mas fique atento, porque Atlas é esperto.

E assim fez o herói. Como Atlas estava precisando de alguns momentos de descanso, aceitou prontamente a proposta de Hércules. Foi até o jardim e logo retornou com as três maçãs.

— Por que eu mesmo não levo as maçãs para Euristeu? – perguntou a Hércules, segurando os pomos de ouro nas mãos.

Hércules percebeu que Atlas o enganaria e nunca mais voltaria, deixando-o com o peso do mundo nas costas para sempre. Então propôs:

— Está certo, Atlas, você pode ir. Mas antes faça-me um favor: segure o globo somente por um instante, para que eu coloque uma almofada nas costas, sim?

Ingênuo, Atlas aceitou o pedido. Hércules pegou então as maçãs e fugiu, deixando o gigante com sua terrível carga por toda a eternidade.

A viagem de volta foi árdua para Hércules. Depois de atravessar montanhas e planícies, desertos e florestas, rios e mares, o herói retornou à Grécia.

O próprio Hércules custava a acreditar que tinha conseguido realizar aquela façanha. Euristeu, então, ao ver seu primo são e salvo e com as maçãs nas mãos, disse-lhe para ficar com elas, pois não as queria mais.

Hércules aproveitou a oportunidade e ofereceu as maçãs a Palas Atena, que, por sua vez, levou-as de volta ao Jardim das Hespérides, de onde nunca deveriam ter saído.

O cão Cérbero, guardião dos infernos

O último trabalho que Hércules deveria realizar era terrível, talvez o mais difícil de todos. O herói teria de descer ao Reino das Sombras, o inferno do mundo, e trazer de lá o guardião de suas portas, o cão Cérbero.

Cérbero era um monstro imortal de três cabeças, com bocas medonhas, das quais pingava constantemente uma baba venenosa. O seu corpo tinha uma cauda com uma cabeça de dragão na ponta. Sobre suas cabeças e costas retorciam-se serpentes.

Descer ao reino dos mortos estando vivo já era uma tarefa inacreditável, mas voltar de lá trazendo Cérbero prisioneiro ia além dos limites da imaginação.

Quando Zeus soube da tarefa de Hércules, decidiu enviar Palas Atena e Hermes como guias. Este último era acompanhante das almas, por isso conhecia bem os caminhos dos infernos.

O herói e os dois deuses entraram por uma caverna nas encostas do monte Tárgeto, mergulhando profundamente na terra. Percorreram caminhos subterrâneos que jamais haviam sido pisados.

Quando atravessaram o portão dos infernos, puderam ouvir os choros e gemidos que ecoavam por todos os lados. Hércules lembrou-se de Hades, poderoso soberano do mundo dos mortos, e rogou a ele que o protegesse em sua missão de levar o cão Cérbero para Micenas como prisioneiro.

Subitamente, Cérbero apareceu, farejando o cheiro de carne humana viva. O monstro começou a rosnar ferozmente. Hércules ajustou a pele capturada do Leão de Nemeia, o seu primeiro trabalho realizado, e preparou-se para a luta.

Cérbero saltou sobre Hércules, mas suas presas afiadas não conseguiam perfurar a espessa pele do leão. O herói conseguiu agarrá-lo no peito, bem no ponto de onde brotavam as três cabeças. O cão debatia-se inutilmente. Ainda assim, conseguiu morder a perna de Hércules com os dentes de dragão da ponta de sua cauda. Apesar da dor, o herói não afrouxou seu golpe.

Cérbero não resistiu ao sufocamento. Antes que fosse estrangulado, desistiu de lutar, admitindo a derrota. Hércules pôde então passar uma forte corrente em volta dos pescoços do cão, que uivava humildemente com as três cabeças baixas.

Com a ajuda de Hermes, o herói encontrou o melhor caminho de volta. Ao se deparar com a claridade da superfície, Cérbero enlouqueceu. As serpentes que rodeavam seu pescoço se contorciam. As bocas do cão encheram-se de espuma venenosa. Os olhos soltavam faíscas. Latindo freneticamente, tentou escapar das correntes e voltar para as profundezas do inferno, fugindo da intolerável luz do dia. Hércules precisou lançar-se sobre ele como um raio, voltando a dominá-lo e acalmá-lo.

A passos largos, o filho de Alcmena voltou a Micenas. Seu derradeiro trabalho estava chegando ao fim. Diante de Hércules e do cão Cérbero, Euristeu, covardemente, pulou dentro de um vaso de barro e lá permaneceu por três dias seguidos.

Hércules riu de desprezo ao ver o medroso rei esconder-se como uma lebre assustada. Segurou Cérbero e levou-o de volta à abertura da caverna pela qual adentrou em sua descida aos infernos. Generoso, quebrou as correntes e soltou a fera, que, como um raio, desapareceu na escuridão subterrânea.

Com todos os trabalhos cumpridos, Hércules pegou a estrada de volta a Tebas. Dez anos se passaram a serviço de Euristeu. Dez longos anos de sofrimento e de feitos gloriosos.

Aclamado como herói e adorado como deus

Hércules havia cumprido heroicamente todas as ordens dos deuses, transmitidas por meio de seu primo Euristeu. Também havia conquistado o merecido perdão pelo horrível crime que tinha cometido contra sua família, instigado pelo ciúme da deusa Hera.

Finalmente, livre do peso da culpa e do castigo divino, Hércules viveu ainda muitas outras aventuras. Realizou inúmeras outras façanhas. E também se casou novamente.

Dejanira era o nome de sua segunda esposa. Com ela, o herói passou bons momentos e teve muitas alegrias. Porém, por ironia do destino, foi justamente a sua amada a responsável por seu fim. Mesmo sem querer...

Em uma das muitas lutas que Hércules veio a travar depois de ter realizado os doze trabalhos, o herói alvejou o centauro Nesso com uma de suas flechas embebida no veneno da Hidra de Lerna. Muito esperto, antes de morrer, o centauro enganou Dejanira, dizendo a ela que guardasse um pouco de seu sangue para usá-lo quando Hércules não mais a amasse, recuperando assim sua devoção.

Inocente e apaixonada, Dejanira guardou um pouco do sangue do centauro em um pequeno frasco, sem saber que era envenenado.

Muito tempo depois, acreditando que Hércules estaria apaixonado por outra mulher e esperançosa de que o conselho do centauro lhe devolvesse o amor do marido, Dejanira embebeu as roupas do herói no sangue de Nesso.

A roupa grudou no corpo de Hércules, ardendo como uma brasa. Percebendo que somente a morte o livraria daquela dor insuportável, para desespero de sua amada, Hércules encontrou forças para juntar lenha e deitar-se sobre ela, a fim de atear fogo em si mesmo. Antes, contudo, que as chamas tocassem o herói, os céus foram rasgados por trovões, e o mundo inteiro foi iluminado por raios e relâmpagos enviados por Zeus.

Os doze trabalhos de Hércules

reconto de Leonardo Chianca
ilustrações de Patrícia Lima

Na Grécia antiga, nasceu o maior herói de todos os tempos. Filho de Zeus e Alcmena, Hércules despertou o ciúme de Hera, uma poderosa deusa que o envolveu numa cilada e fez com que matasse, sem querer, sua mulher e seus filhos. Força, paciência, esperteza e determinação foram algumas das qualidades que permitiram a Hércules realizar os doze trabalhos impostos pelos deuses para que pudesse ser perdoado por seu terrível crime.

Este encarte faz parte do livro. Não pode ser vendido separadamente.

editora scipione

Os lugares da história

 Observe este mapa e pinte a Grécia de vermelho e o Brasil de verde. Depois, escreva o nome dos continentes onde ficam esses países.

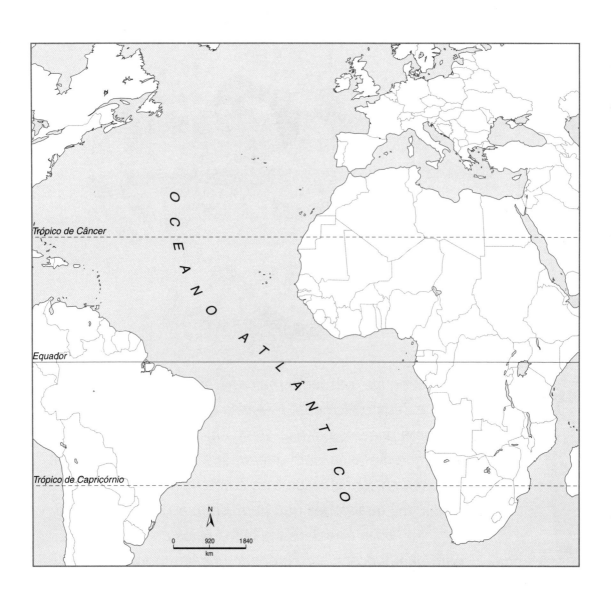

_____
_____

Neste outro mapa estão localizadas algumas cidades da Grécia antiga e uma ilha por onde Hércules passou. Observe seus nomes e complete as questões a seguir.

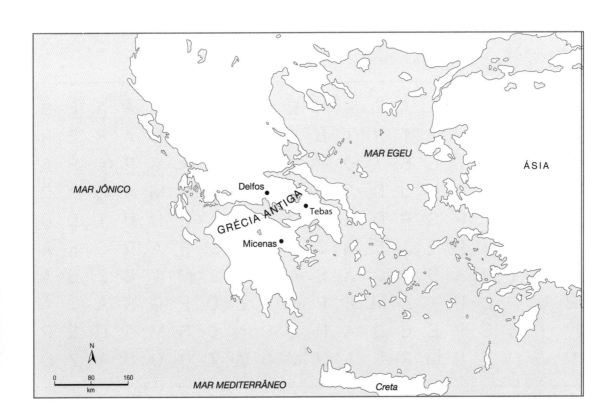

a) Após defender a cidade de _____, aniquilando sozinho uma tropa de homens, Hércules casou-se com Mêgara, a filha do rei Creonte.

b) Foi no oráculo de Apolo, em _____, que Hércules perguntou aos deuses como poderia pagar pelos crimes cometidos.

c) Depois de realizar cada trabalho, Hércules sempre retornava a _____, onde o rei Euristeu lhe impunha uma nova tarefa.

d) O sétimo trabalho destinado a Hércules era capturar o terrível touro que dominava os campos de _____.

As personagens

1 Na história de Hércules aparecem diversos deuses. Identifique-os no diagrama do Olimpo.

```
S A O A G F A T R N E X P Q S R A A E G
M J F I G Z T R I B E S A M F U A R E H
B M H E F E S T O M N A L X R G R A H A
V I E C A U U D A D E S A C H M A U A R
N Z R T R S R O A N M V S I E H U T D D
A L A U P I J E S D R B A M R A R O E A
D O I V A S P C A S A R T E M I S Z S A
B U T D U T A M E R C A E O E G R A I A
V I N E R E U D A D E S N C S M A U E R
N Z C T R M R O A N M Ú A I C O U T Z D
```

2 Agora complete as frases com os nomes que você encontrou.

a) _____, o deus dos deuses, desejava muito a união de toda a Grécia.

b) A esposa de Zeus, _____, fez com que um véu invisível caísse diante dos olhos de Hércules.

c) A deusa da sabedoria, _____, retirou o véu invisível que turvava a visão e o raciocínio de Hércules.

d) _____, deusa da caça, apareceu de repente e mostrou-se indignada com o fato de Hércules ter ferido sua corça.

e) Em sua descida ao Reino das Sombras, Hércules lembrou-se de _____ , poderoso soberano do mundo dos mortos.

f) A deusa da sabedoria entregou a Hércules um par de castanholas de bronze feitas por _____ , deus do fogo.

g) O velho deus _____ tinha o poder de transformar-se em diversos seres.

h) _____ , acompanhante das almas, conhecia bem os caminhos dos infernos.

3 Durante a realização de alguns de seus trabalhos, Hércules precisou enfrentar fantásticas e terríveis criaturas. Ligue os nomes aos desenhos.

Leão de Nemeia

Corça de Cerineia

Javali de Erimanto

Touro de Creta

Éguas de Diomedes

Gigante Gerião

Aves do lago Estínfalo

Cão Cérbero

5

Leia a descrição da repugnante Hidra de Lerna e desenhe-a. Não vale copiar a ilustração do livro!

"A criatura tinha corpo de serpente e nove cabeças aterrorizantes, sendo uma delas imortal. Cada uma de suas bocas espumosas exalava, entre dentes enormes e afiados, um hálito mortal para quem o respirasse."

Os fatos da história

1 Durante toda a vida de Hércules, duas deusas o acompanharam. Uma delas tentava ajudá-lo; a outra queria destruí-lo.

a) Que deusas eram essas? Quem o protegia e quem o prejudicava?

Protegia – _____

Prejudicava – _____

b) Dê dois exemplos de situações em que o herói foi ajudado.

_____
_____
_____
_____
_____

c) Cite dois exemplos de situações em que ele foi prejudicado.

_____
_____
_____
_____
_____

Encontre os caminhos que levaram Hércules a realizar seus doze trabalhos. Lembre-se de que o herói sempre partia de Micenas.

9

3 Circule as qualidades que ajudaram Hércules a realizar seus trabalhos. Se você não souber o significado de alguma palavra, consulte um dicionário.

Na sua opinião, qual foi o trabalho mais fácil que Hércules realizou? E o mais difícil? Responda e justifique preenchendo o quadro abaixo. Depois, compare as suas respostas com as de seus colegas.

Trabalho mais fácil	Trabalho mais difícil
Justificativa	Justificativa

Na busca pelas maçãs de ouro, Hércules se deparou com várias personagens. As cenas abaixo ilustram as etapas desse trabalho. Numere-as na sequência correta dos acontecimentos.

Um pouco de mitologia grega

1. Para explicar a criação do mundo e do homem, os gregos antigos recorriam a histórias de deuses, heróis e monstros. No início do livro, há uma passagem que fala sobre a formação da Via Láctea, que é o conjunto de estrelas que podemos ver no céu. Transcreva-a nas linhas abaixo.

2. Desde a Grécia antiga, muitas descobertas foram feitas em relação à origem da Via Láctea. Vá com seus colegas a uma biblioteca e pesquise como a ciência moderna explica a formação do universo.

3 Na Grécia antiga, os homens visitavam oráculos, lugares onde consultavam os deuses em busca de conselhos para resolver seus problemas.

a) Qual foi a pergunta que Hércules fez no oráculo de Apolo, em Delfos?
_____
_____
_____

b) Qual foi a resposta de Apolo?
_____
_____
_____
_____
_____

c) Hoje em dia, quando uma pessoa precisa de conselhos ou respostas para seus problemas, a quem ou a que ela costuma recorrer?
_____
_____
_____
_____
_____

14

Refletindo...

1. Pense nos problemas da sua comunidade, da sua cidade, do seu país e do mundo. Imagine que os deuses do Olimpo entregaram a você o poder de mandar Hércules realizar cinco trabalhos nos dias de hoje. Que tarefas você daria ao herói?

_____
_____
_____
_____
_____
_____
_____
_____
_____
_____

2. Hércules reunia qualidades valiosas para um herói da Grécia antiga. Que qualidades um homem precisa ter no mundo de hoje para ser considerado um herói?

_____
_____
_____
_____
_____

3 No final da história, constatamos que as façanhas realizadas por Hércules não foram esquecidas, pois pessoas de todos os lugares e idades jamais deixaram de recontá-las. Naquela época, os acontecimentos eram transmitidos oralmente, de boca em boca. E hoje, como são registrados os fatos importantes?

_____
_____
_____
_____
_____
_____
_____

    Um carro com quatro cavalos alados desceu do céu. Palas Atena e Hermes conduziram Hércules ao Olimpo. Lá, o herói foi recebido com honraria e reverência por todos os deuses. Zeus e Hera desceram de seus tronos e lhe deram as boas-vindas. A cerimônia emocionou a todos os presentes. A reconciliação entre Hércules e Hera foi penosa e contou com a ajuda decisiva de Zeus e de Palas Atena.

    Embora o poderoso herói tenha partido da terra, ele jamais foi esquecido. Em todos os lugares por onde Hércules passou, sacrifícios em seu nome foram oferecidos e templos em sua homenagem foram construídos. Pessoas de todos os lugares e de todas as idades nunca mais deixaram de repetir suas proezas e recontar suas histórias de coragem.

    Os doze trabalhos realizados por Hércules são uma prova indiscutível de que a inteligência e a perseverança, somadas a um nobre caráter, são as armas mais preciosas com as quais um homem pode vencer todos os obstáculos.

Quem é Leonardo Chianca?

Quando criança, Leonardo gostava de algumas histórias de aventura, principalmente daquelas que se passavam no mar. Ele se imaginava navegando em um mar agitado, enfrentando perigos e mais perigos a cada dia em alto-mar... Mas também se imaginava deitado sobre uma jangada feita com tronco de oliveira, sob um céu imenso e cheio de estrelas.

Leonardo Chianca não se tornou um destemido aventureiro, mas descobriu que escrevendo poderia criar histórias e vivê-las de outra forma: por meio da imaginação.

Publicou pela Scipione: *Romeu e Julieta*, *Hamlet*, *Muito barulho por nada* e *O menino e o pássaro*. Além de escritor, trabalha também como editor de livros.

Quem é Patrícia Lima?

Patrícia Lima nasceu em São Paulo em 1972. Quando criança, suas brincadeiras favoritas eram desenhar, pintar e criar novos brinquedos com sucata e massinha. O tempo foi passando, ela cresceu, mas nunca parou de brincar. Começou a fazer ilustrações profissionalmente, para revistas e livros, em 1996.

Ilustrou vários livros para a Scipione, entre eles *Arca de Ninguém*.